LES
RÉVOLUTIONS DE LA NATURE,

PAR

P.-PHILIPPE DELCLERGUES,

DE CARLAT.

—

Prix : 3 francs.

—

Aurillac,

De l'imprimerie de FERARY, Libraire.

—

1841.

LES
RÉVOLUTIONS DE LA NATURE,

PAR

P.-PHILIPPE DELCLERGUES,

DE CARLAT.

Aurillac,

De l'imprimerie de FERARY, Libraire.

◦◦◦

1841.

ÉPITRE DÉDICATOIRE

A M. E. Petit de Bantel,

Préfet du Cantal.

Sous les yeux de son père,
Le jeune rossignol
Chante, grandit, prospère,
Et prend son premier vol.

Orgueilleux de me voir couvert de ton égide,
Et décoré d'un nom que j'ai pu te ravir,
Ainsi je m'élance intrépide,
Et prends, la lyre en main, l'essor vers l'avenir.

A travers ce monde, où l'orage
Renverse Thémis de son char,
Voguons sans craindre de naufrage,
Car mon esquif porte César.

Que l'honneur, DE BANTEL,
Te couronne de gloire,
Installé sur l'autel
Que ma reconnaissance élève à ta mémoire.

PRÉFACE.

Voici ce que je dis au public :

Vous voyez le premier essai de mon goût pour la poésie. Je m'abandonne, non sans éprouver un profond sentiment de frayeur, à la variété de vos jugemens, à l'incertitude de mériter vos suffrages, et à la presque certitude de me voir désapprouvé. Qu'une réussite en poésie est difficile aujourd'hui ! Les anciens, avec moins de travail, moins de difficultés, obtenaient de brillans succès dans une langue plus poétique que la nôtre, et chez un peuple moins délicat, moins insensible à la poésie que les modernes.

Mais à nous, jeunes poètes d'aujourd'hui, il nous faudrait la lyre d'Orphée pour toucher le peuple qui nous entoure, ce peuple ennemi de l'harmonie ; et peut-être le trouverions-nous encore moins sensible que les rochers, les animaux et les ombres du Tartare ? Ce public est semblable à ces gourmets que les restaurans ont rassasiés des mets les plus exquis, et à l'estomac desquels répugne quelque chose encore de plus exquis. Si Virgile a dit :

Quo fletu manes, quâ numina voce moveret?

Je puis dire aussi : par quels sons captiver l'oreille rassasiée du public, par quelles images attacher les yeux du public, par quels tableaux, par quels sentimens tendres et touchans attendrir le cœur du public?

Heureux les anciens qui jouaient de la lyre sous les yeux d'un Mécène? Malheureux les modernes qui, non seulement n'ont pas de tels protecteurs, mais encore sont poursuivis par les démons de la critique la plus maligne, et abreuvés du fiel de l'envie. Ce n'est pas que j'aie en horreur la critique éclairée et bien intentionnée, car,

Je chéris Aristarque, et déteste Zoïle.

Que dis-je? je ne le déteste pas, mais j'ai pitié de lui. Qu'il ne se cache pas dans la foule, car je l'y distingue, et le doigt de la justice montre à tout le peuple l'effronterie et l'envie écrites sur son front.

Si nos vers ne sont pas tout-à-fait indignes de vous, nous reprendrons la lyre; s'ils n'ont rien qui vous intéresse, nous la laisserons avec regret; ne promettons pas cela; nous ne pourrions pas sevrer entièrement nos oreilles des sons d'Euterpe, et des accens de Calliope.

LES RÉVOLUTIONS
DE LA NATURE.

SCÈNE PREMIÈRE.

Que sont ces grands éclairs, terribles phénomènes,
Qui jettent la terreur sur les races humaines;
Ces détonations, ces bruits majestueux
Que j'entends retentir dans la voûte des cieux?
C'est le courroux du Ciel qui roule son tonnerre
Pour imprimer la crainte aux peuples de la terre !
Que sont tous ces combats, ces révolutions
Qui versent à grands flots le sang des nations;
Ces fameux conquérans qui font voler la foudre,
Et marchent sur les rois et leurs trônes en poudre,

Qui, par la faux du Temps abattus à leur tour,

Là-même, avec effroi, tombent, perdent le jour?...

Ce sont là les desseins de cette Providence

Qui règle et conduit tout sous l'œil de sa prudence.

Les sages ont-il vu passer l'évènement?

Ils n'admirent qu'un Dieu sage, juste et clément!

O Dieu! je m'humilie entre ces deux spectacles

Où ton bras fait pour l'homme éclater les miracles!...

S'il gronde le courroux de ton souffle irrité

Sur les fronts de l'orgueil et de l'impiété,

Je te prie, à genoux, d'appaiser ta colère :

Que ton glaive levé s'arrête et nous tolère!...

Vierge, qui vois briller les astres à tes piés,

Fais luire ton étoile à nos yeux effrayés ;

Laisse-nous, dans l'orage, entrevoir un sourire,

La Paix au front serein reprendra son empire.

Si j'entends retentir les pas dévastateurs

D'un peuple d'Attila, qui vient, dans ses fureurs,

Foudroyer par le fer les débauches de Rome,

Jusqu'à la menacer du destin de Sodome :

Si je vois Alexandre, avec Napoléon,

Jeter de toutes parts la terreur de son nom ;

Et si la terre alors se tait en leur présence,

Je me tais à mon tour : j'adore la vengeance

Qui sur la terre étend la verge de son bras
Pour écraser l'orgueil de tous les potentats.

 Quand les jours, prolongés jusqu'au brûlant solstice,
Répandent sur le monde une chaleur propice,
Je me plais à courir au bord de l'Océan,
Afin d'en admirer les flots et l'ouragan.
Comme l'aigle des mers, volant vers le rivage,
Se perche sur le front d'une roche sauvage,
Mon fier enthousiasme, épris des grands objets,
Des rochers de ses bords cherche ainsi les sommets,
Pour jouir, au péril d'en être la victime,
Des mirables élans des ondes de l'abîme;
Pour jouir des tableaux de diverses beautés
Qu'étale, au loin, la terre à mes yeux exaltés!
Ici, je vois finir et commencer deux mondes:
L'infini, d'une part, se perdant sur les ondes,
Semble appeler mon âme à poursuivre avec lui
Celui qui de tout être est le centre et l'appui:
De l'autre part, l'aspect de toute la nature,
Les montagnes, les champs et l'atmosphère obscure,
Tout vient épouvanter l'imagination
Du présage imminent de la destruction!...

LES RÉVOLUTIONS
DE LA NATURE.

La Tempête.

Le soleil, qui pâlit près de la canicule,
Epanche les lueurs d'un sombre crépuscule.
Une noire ceinture, éclipsant l'œil du jour,
De l'horizon immense embrasse le contour;
Et son aspect lugubre, en glaçant d'épouvante
L'homme, les animaux, la nature vivante,
Imprime dans les cœurs l'affreux pressentiment
De voir s'ouvrir près d'eux l'abîme du néant!...

Tout semble menacer la terre d'un déluge
Où ne surnage point une arche de refuge.
Le jour s'arrondissant disparaît au zénith
Où le sombre nuage au nuage s'unit.
La terre est calme encor; mais les plaines humides
Roulent jusqu'à mes pieds des rangs de flots rapides.
Soudain jaillit et brille un effroyable éclair,
Dont les angles aigus percent, embrasent l'air !
L'Occident courroucé fait gronder son tonnerre !...
La mer en retentit jusqu'aux bords de la terre;
D'où va se répandant une sourde rumeur
Qui parcourt par degrés les champs du laboureur....
Un autre éclair jaillit ! et la rapide foudre
Tombe sur la chaumière et la réduit en poudre...
L'Orient lui répond par des bonds répétés,
Dont tremblent les vallons, les monts épouvantés;
Dans les airs orageux prolonge un long murmure....
Jour affreux ! on dirait deux Dieux de la nature,
Qui, sans égard aux maux qu'en souffrent les humains,
S'approchent, brandissant les foudres dans leurs mains,
Vomissant les éclairs de leur bouche effroyable,
Allant, par le fracas d'un choc épouvantable,
Se foudroyer tous deux à qui s'arrachera
L'empire de ce monde, et seul y régnera !...

Les nuages, les vents de tous côtés mugissent;
Les forêts de sapins, sur les monts, en frémissent;
Et l'œil, comme investi d'un déluge certain,
S'épouvante à l'aspect d'un lugubre lointain;
Il voit, autour de soi, les ténèbres horribles
S'avancer, promener des fantômes terribles :
Il ferme son orbite; et plus épouvanté,
Il cherche en terre un lieu d'étroite obscurité.

   Le Cahos, ce vieillard, tyran de l'harmonie,
Lâche des ouragans le monstrueux génie;
Et, soudain débattant ses ailes dans les airs,
Il s'élance, le front étincelant d'éclairs,
Semblable, dans son vol, aux sinistres comètes.
Adralec, excitant, irritant les tempêtes,
Par l'excès de sa rage et le dernier effort,
Imprime à l'univers le branle le plus fort
Pour perdre les humains, anéantir la terre!...
Il roule le signal aux éclats du tonnerre,
Des sommets de l'Hémus déchaîne l'Aquilon
Qui va, portant l'effroi dans l'âme du colon,
Promener, dans les champs, théâtre de sa rage,
Les rangs de tourbillons qu'épanche alors l'orage,
Mugir sur l'Océan, bouleverser les flots,
Où se voient engloutis les plus fiers matelots!...

Les fils légers d'Eole et plus prompts, plus rapides,
Devancent la tempête, au pays des Gépides ;
Sur les vastes forêts soufflent horriblement,
Volent avec fracas, et, dans un seul moment,
Envahissent les monts, et les plaines du monde,
Qu'ils plongent en passant dans une horreur profonde !..
Dans les villes, soudain, le vent, par son courroux,
Fait rouler les battans, les portes, les verroux.
Dans la campagne, au loin, je vois, à ces approches,
S'enfuir les animaux, s'abriter sous des roches,
Et les troupeaux de bœufs courir en mugissant,
Tourner, vers l'aquilon, raide un front menaçant,
Et se presser d'entrer sous le toit des étables :
Des désastres fameux, présages lamentables !
Partout, tumulte, bruits, mouvemens, tourbillons :
Partout les ouragans roulent leurs bataillons.

La nature frémit ! Soudain, fendant la nue,
Un éclair tortueux brille, éblouit la vue !
Le tonnerre répond par un bruyant fracas
Qui fait, au loin, par bonds retentir les éclats !...
Adralec, au milieu des plus épais nuages,
Où vont s'amonceler orages sur orages,
De ses bras foudroyans lance, du haut des cieux,
Ses carreaux enflammés sur la terre, en tous lieux.

Ce monstre, dont la bouche exhale les tempêtes,
Dont Dieu même ne peut arrêter les conquêtes,
Renverse à flots bouillans le fiel de sa fureur
Sur les peuples du monde où règne la terreur,
Et secoue en tous lieux, de ses ailes mouvantes,
Et des torrens de grêle et les trombes bruyantes.
Vent du sud, d'occident, vent du nord et de l'est,
Joignent par un conflit leur rage, aux murs de Brest,
S'élancent de ses bords sur les moissons hachées,
S'en arrachent, dans l'air, les pailles arrachées,
Déracinent les pins, les chênes, les ormeaux
Qui d'un feuillage frais ombrageaient les hameaux ;
Ils emportent les toits et de chaume et de pailles,
Jettent les habitans glacés près des murailles.
J'entends le désespoir pousser les derniers cris !...
Les champs circonvoisins sont jonchés de débris
Que balaie aussitôt l'effort de la tempête.
L'éclair luit !... Le tonnerre, éclatant sur ma tête,
Bondit, retentit, roule, au loin, de monts en monts,
Fait trembler l'univers, sur ses antiques gonds !...
Les ondes du déluge en colonnes s'épanchent,
Roulent de creux en creux sur les terres qui penchent,
Entraînant les maisons, les arbres et les rocs,
Qui frappent l'air du bruit de leurs horribles chocs,

Inondant les vallons ; les plaines étendues
Où Cérès, l'œil en pleurs, voit ses moissons perdues :
Et là s'enfle une mer, bouillonne sur ces champs
Qu'avait couverts d'épis le soleil du printemps,
S'indigne que ses flots aillent grossir les ondes
De l'Océan voisin, dans ses grottes profondes.

  Partout la grêle épaisse obscurcit l'air obscur,
Tombe, bondit terrible, et, de son globe dur,
Qu'accélère le poids d'une grosseur énorme ;
Va battre sur la terre, en y gravant sa forme.
Dans sa chute, toujours ce fléau destructeur
De son courroux mortel redouble la fureur,
Hache, tranche, en tombant, les arbustes, les plantes,
Les rameaux des forêts et les moissons flottantes,
Écrase les doux fruits des jardins, des vergers,
Assomme, dans les parcs, et troupeaux et bergers.

LES RÉVOLUTIONS
DE LA NATURE.

Altamor.

Si la terre a poussé du fond de ses entrailles
Une clameur semblable aux fracas des batailles,
J'entends de l'Océan l'épouvantable voix,
Qui gronde sur les flots et roule mille fois
Le signal de franchir les bornes de l'abîme,
D'engloutir en ses flots la terre, sa victime !
Une montagne d'eau vient du milieu des mers
S'élancer à mes pieds, mais dont les flots amers

Vont, décrivant un arc, retomber dans le gouffre,
D'où s'échappe à bouillons une vapeur de souffre.
La Terre, l'Océan et le Ciel confondus
Menacent les mortels d'être à jamais perdus!...

L'intrépide Altamor veut braver la tempête;
Il sort pour observer les Cieux qui, sur sa tête,
Ont déjà fait bondir quelques globes glacés :
Il s'avance, et ses doigts sur les coups sont placés :
Par la douleur il veut, de ces terribles scènes,
Admirer les horreurs et les grands phénomènes!
L'éclair jaillit sur lui, le renverse effrayé
Sur un monceau de grêle; et, comme foudroyé,
Les éclats et les bonds d'un effrayant tonnerre,
Quand il se relevait, le renversent par terre!...
De montagne en montagne un roulement lointain
Va se perdre!... Altamor se relève soudain;
Il s'enfuit éperdu, tout meurtri par la grêle
Qui brise de l'épi la tige jeune et frêle.
Mais l'orage, accourant des bords de l'horizon,
Roule un signal de mort autour de sa maison!
Il tonne!... sur le toit la foudre éclate et tombe,
Démolit, perce, frappe Altamor!.. Il succombe...
Il se voit sur le seuil du temple de la Mort;
Le franchir, ce n'est pas la volonté du sort;

Son caprice fatal réserve, avant qu'il meure,
Ce malheureux à voir en flammes sa demeure.
Sans force il se soulève, ouvre à moitié les yeux...
O frayeur! il se voit environné de feux!..
Il s'enfuit à travers les flammes en furie,
Ranimé par un reste et de force et de vie :
Avant que des tombeaux il dorme le sommeil,
Il voudrait adresser ses adieux au Soleil :
Avant d'éteindre enfin, sur la terre, sa mère,
Les dernières lueurs d'une vie éphémère,
Il ne demande au Ciel qu'un bien triste plaisir :
C'est d'exposer ses maux, de se plaindre... et mourir..
Alors même, au milieu des débris, des ruines,
D'où s'exhalent dans l'air des brouillards, des bruines :
    « Ah! c'en est fait, dit-il, je péris sans secours!
Pas un seul aliment pour substanter mes jours!
O plaines de moissons, que des monstres voraces
Viennent de m'arracher de leurs griffes rapaces,
Adieu! vous n'êtes plus qu'un horrible désert
Que le soc de la Mort a partout entr'ouvert!
O Ciel! me fallait-il, de travaux et de peines,
Me consumer, si jeune, à défricher ces plaines;
De mon corps tout brûlant, courbé sur le sillon,
Épancher les sueurs avec profusion,

Et d'une active main répandre la semence

Sur cette terre où croît la mort de l'indigence?

Hélas! je me croyais le plus heureux, jadis,

De voir, à peine éclos, tous mes jeunes épis,

Dans la plaine étendue, ondoyer et bruire

Sous le souffle si doux des soupirs du zéphire.

Qu'il a fui promptement ce spectacle enchanteur,

Ne laissant après lui que scène de malheur!

Un printemps les a vus sous son soleil éclore,

Ces fleurs et ces épis qu'il voit lui-même encore

Hacher, briser et moudre, ô désolation!

Sous les rudes fléaux de la destruction.

O Ciel! et c'est ainsi que tu m'es si propice?

Non, je n'accuse pas ton courroux d'injustice,

Je tais le souvenir de mes malheurs passés,

De ma fille et mon fils par la foudre écrasés;

Du martyre d'Alys qui, voyant sa sentence,

Pour défendre tes lois mourut à la potence :

Que le silence soit sur mon destin présent :

Tu l'ordonnes, mon Dieu, je vais mourir content.

Jeune, privé de vie et frappé de la foudre,

Comme un roseau brisé, je vais rendre à la poudre

Ce qu'elle me réclame avant que ma saison !...

Mais devais-je, ô destin!.. silence, ô ma raison !..

Allons ensevelir, sous ces monceaux de grêle,
Le désespoir sans fin d'une existence frêle. »
  Lorsque le bûcheron voit, sur le bord des eaux,
Sécher le peuplier, dégarni de rameaux ;
Quand la foudre a frappé sa cime, en temps d'orage,
De coups de hache alors retentit le rivage ;
L'arbre tombe, entraîné par le torrent bourbeux :
Tel, frappé par la main d'un destin rigoureux,
Périt, tombe Altamor sur la plaine déserte,
Que l'onde a sillonnée, et la grêle couverte.
Soudain vole Adralec sur l'aile des éclairs,
Et la destruction, pleuvant du haut des airs,
Entraîne les débris de la maison brûlée ;
Accable de fléaux la terre désolée.
Devancé de la peur et suivi de la mort,
Le roi des ouragans fait le dernier effort
Pour abattre, atterrer les peuples de la terre,
Sous les coups de la foudre et des bonds du tonnerre,
Et proclamer enfin, dans son morne repos,
Le règne permanent de l'antique cahos.
Le Ciel, faisant pleuvoir ses globes durs, compactes,
Et se fond et s'écroule en larges cataractes,
S'éclate sur la terre, et, sous son pesant poids,
Et l'accable et l'écrase, et l'abîme à la fois !

LES
RÉVOLUTIONS DE LA NATURE.

❧❈❧

SCÈNE QUATRIÈME.

❧❈❧

Le Naufrage.

Alors les laboureurs et les matelots crient !...
Ici, la mer mugit ; là, les fleuves charrient,
Pêle mêle flottans, des débris de vaisseaux,
Des trésors arrachés aux villes, aux hameaux ;
Là, le fils, emporté par la fureur des ondes,
Disparaît, englouti dans les vagues profondes ;
Et, faisant retentir l'air de cris déchirans,
La mère arrive, accourt sur le bord des torrens,
S'y jette ; une victime entraîne une victime.
J'entends avec effroi, dans les flots de l'abîme,

2

Murmurer en mourant ses cris de désespoir!...

De l'amour maternel jusqu'où va le pouvoir!

Une famille en pleurs, parmi des voix plaintives,

Voit les torrens grossir et dépeupler les rives,

Arrachant ses ormeaux, entraînant dans les flots

Sa maison, son moulin, cause de ses sanglots.

Tant de masses ensemble, en sautant les cascades,

Vont des ponts ébranlés obstruer les arcades.

L'onde fait un effort! tout s'écroule soudain,

Et pour les voyageurs il n'est plus de chemin.

Tout va s'entrechoquant s'engouffrer dans l'abîme,

Qui dévore, engloutit victime sur victime.

O surprise! soudain, les flots de l'Océan

Me transportent des cris aux bruits de l'ouragan:

Dans les champs de l'effroi, j'aperçois un navire;

O Ciel! miséricorde!.. à peine j'en respire....

Luttant contre les flots qui le lancent au Ciel,

Il descend, disparaît dans l'abîme éternel!...

Entre le Ciel et l'onde, au loin, j'entends qu'il tonne.

La mort y roule un bruit lugubre et monotone.....

De l'avoir dévoré l'Océan satisfait

Arrête le courroux des ondes, et se tait...

Tandis qu'en observant le caprice des vagues,

Je voltige, rêveur, dans des images vagues,

Et me laisse enfoncer, par mes illusions,
Dans le dédale obscur des méditations;
Les flots jettent vers moi, palpitant sur la roche,
Un mortel inconnu qui de ses bras s'accroche.
Oh! je vole au secours d'un frère malheureux!
Je le prends, je l'arrache à son trépas affreux,
Je l'emporte, brûlant de la sublime envie
De me croire en secret le sauveur de sa vie!
Avec soin je le pose au pied de ce rocher,
Où je trouve un réduit exprès pour le coucher.
Quel mélange inconnu de surprise et de joie,
Lorsque j'entends parler celui que Dieu m'envoie!
    —« Qui que tu sois, dit-il, l'homme ou l'ange de Dieu,
Ta charité mérite un autel en ce lieu.
    — O frère malheureux! je ne suis pas un ange,
Mais, comme toi, du sort une victime étrange.
    — Tu n'es pas moins pour moi l'ange de charité
Que Marie et son Fils ont du Ciel députe
Pour arracher aux flots un enfant infidèle.
    — Des plus humbles croyans serais-tu le modèle?
Mère des Naufragés, c'est la plus vive foi
Qui vient de le sauver des flots et non pas moi!
    — Celui qui, revêtu de force et de courage,
Traverse avec la foi les écueils du naufrage,

Vogue, sans s'effrayer du terrible Océan,
Jusqu'au port du salut en dépit de Satan.
Le Ciel, me confiant son culte et son service,
M'appelait aux autels, jeune encore et novice ;
Mais, rebelle à sa voix, sur un frêle vaisseau,
J'embarquai tous mes vœux pour le monde nouveau,
Espérant revenir, chargé de la fortune,
A travers les dangers, des plaines de Neptune.
Le céleste courroux lance ses traits de feux !
Le vaisseau s'engloutit dans un abîme affreux !...
Mais bientôt l'Océan, père des Cétacées,
Me vomit sur le front de ces rochers glacés.
Que l'abîme, s'il veut, dévore mes trésors,
Une lueur de foi me sauve sur ces bords.
O frère, après vingt ans de travaux, de souffrance,
Je revois le beau Ciel et le sol de la France !
Aux rivages lointains, ah ! j'ai failli périr !
Je revois ma patrie, adieu ! je vais mourir !...
Ami, si tu n'es pas mon ange tutélaire ;
Si tu n'es, comme moi, qu'un homme de misère,
De ma médaille d'or je te fais héritier.
Regarde ; cette croix sauve le monde entier.
La vierge d'Israël, de gloire couronnée,
Inonde de trésors la terre fortunée.

Prends cette arme puissante ; ami, ne crains jamais
Les pièges de Satan, qu'hélas ! jeune, j'aimais ;
Va, marche, et tu verras loin d'en être victime,
Fuir les esprits impurs, et rentrer dans l'abîme.
Le signe rédempteur, et l'étoile des mers,
En écartant de toi les spectres des enfers,
Te conduiront aux lieux où les saintes milices,
Au banquet du bonheur s'énivrent de délices.
Adieu ! je vois déjà le temps s'évanouir,
Et de l'éternité les portes s'entr'ouvrir. »

  Ma joie, à ce discours, s'est changée en alarmes ;
Et je ne lui réponds que par la voix des larmes :
Je ne puis contempler ce tableau de douleur,
Sans me sentir percé d'un glaive au fond du cœur :
La frayeur me le montre assiégé de fantômes,
Quand la mort sur son front étale ses symptômes.
Une teinte noirâtre entoure ses yeux creux,
S'étend sur la maigreur de son visage affreux ;
Une sueur glacée inonde sa paupière :
Il roule un œil errant, cherche au Ciel la lumière,
Le ferme avec l'espoir de le rouvrir un jour,
Dans ces lieux de bonheur et de gloire et d'amour,
Pousse un dernier soupir, et son âme s'exhale !..
Son cadavre, à mes yeux, reste livide et pâle.

LES RÉVOLUTIONS
DE LA NATURE.

SCÈNE CINQUIÈME.

La Tombe, l'Océan.

Les anges, modulant de rapides concerts,
Dont les sublimes sons se filent dans les airs,
Et de parfums divins embaumant la nature,
Emportent dans Eden son âme blanche et pure.
La nature affligée, au loin, pousse des cris !
Ce sont les hurlemens des êtres attendris :

Les bois silencieux, du fond de leurs retraites,
Font entendre la voix de leurs douleurs secrètes.
Quand je creuse sa tombe, apprête son cercueil,
Les animaux ainsi manifestent leur deuil
A celui qui, sans pleurs et sans pompes funèbres,
Va descendre avec calme au séjour des ténèbres.
Avant de le couvrir de la terre des morts,
Le soleil, rayonnant sur sa tombe et son corps,
De l'immortalité fait briller le présage,
Et disparaît soudain dans un sombre nuage.

    J'ombrage son tombeau de saules, de cyprès,
Pour l'entourer toujours de pleurs et de regrets.

    « Ombre de mon ami, chère à ma destinée,
Repose en paix... Le temps a fini la journée
Des maux qui, sur ta tête, allaient fondre demain.
Nos deux destins déjà se tiennent par la main.
Tu viens de l'éprouver ; il n'est, sur cette terre,
Que forfaits, trahisons, que perfidie et guerre,
Despotisme, tyrans, folles ambitions,
Que le Ciel a frappés de malédictions.
Plus je produis au monde un cœur franc, magnanime,
Plus, de la perfidie, hélas ! je suis victime.
Que de fois j'ai daigné réchauffer dans mes bras
Des serpens que mon zèle a rendus plus ingrats !

Ah ! j'ai donné la force aux races de vipère
De me percer le cœur des traits de leur colère !
La malice, aiguisant ses dards empoisonnés,
Vise à ces jours qu'hélas ! je coule infortunés.
Mais, chère ombre, apprends-moi si, par-delà la tombe,
Où le sage, où le probe, où le méchant succombe,
L'impunité permet au vice audacieux
De fouler la vertu sous ses pieds orgueilleux ?
S'il triomphe l'impie, au plus haut de la roue,
Et si de la justice il se moque, il se joue ? »
    Mais l'ombre s'indignant du doute que j'ai feint,
Vient trahir du tombeau le secret le plus saint :
    « Celui qui, de leur trône où le crime les lie,
Précipitant Achab, Jésabel, Athalie,
Submerge dans la mer les cruels fils d'Ammon ;
Qui, couronnant Joseph au char de Pharaon,
Foule l'orgueil d'Aman, élève Mardochée,
Et frappe de ses traits l'injustice cachée,
Comme les grands forfaits qu'abhorre l'univers,
Ne lancerait-il pas, sur le front des pervers,
Des malédictions l'éternel anathème ?
N'introduirait-il pas, dans son bonheur suprême,
Les Pauls, les Augustins, l'orgueil du nom chrétien,
Qui, triomphant du mal, combattaient pour le bien ?

Celui qui peut rouler les mondes dans l'espace
Sait, dans l'éternité, ranger tout à sa place.
Si le vice effronté domine dans le temps,
Et sur son trône d'or installe les tyrans,
Dieu venge la vertu, la couronne de gloire,
Et, dans l'éternité, proclame sa mémoire !...
Si Dieu laisse régner le désordre en un lieu,
Il perd ses attributs, et cesse d'être Dieu. »

Et son ombre, rentrant dans sa retraite obscure,
Fait d'un juste courroux bourdonner le murmure !...
Adieu ! par tes leçons raffermi dans la foi,
Jusqu'à l'éternité je marche sans effroi !

Du haut d'un Ciel obscur, qui cache ses étoiles,
La plus opaque nuit développe ses voiles.
Comme l'aigle des monts, je remonte au rocher,
Où le sommeil viendra sur mes yeux s'épancher.

« Obscurité, silence, ô couple solitaire !
Pourquoi donc sortez-vous de l'antre du mystère ?
Venez-vous pour semer, précurseurs du néant,
Le trépas et l'effroi sous vos pas de géant ?
Pourquoi m'épouvanter, divinités maudites ?
L'être, la vie et moi, nous vous avons proscrites !
Lorsque vous tramerez dans un calme profond,
Vos complots criminels contre l'être fécond ;

Lorsque vous étendrez vos ténèbres opaques,
Pour tenter contre lui vos perfides attaques.
Je ferai retentir, du bruit de mes concerts,
Les ruines du monde et ses vastes déserts,
Afin d'en réveiller les échos de la vie,
Et d'en ressusciter, au gré de mon génie,
D'innombrables moissons de mortels courageux.
J'élèverai mon front superbe et belliqueux,
Vers le Ciel, au-dessus de ces mers de ténèbres
Que vous couvez, la nuit, sous vos ailes funèbres.
Quand le fier Adralec, monstre de la terreur,
S'apaise, fatigué d'exercer sa fureur,
Vous venez, je le sais, étendre, sans murmure,
Le voile de la mort sur toute la nature;
Qui, doutant de son être, a reculé d'effroi,
A l'aspect du néant qui semble être son roi!...

Sur les champs d'Amphytrite, un brillant crépuscule
Eteint ses rayons d'or aux colonnes d'Hercule:
Tel, l'espoir du bonheur, sur le lit du mourant,
Fait briller l'auréole à son œil expirant.

Quand l'orient vermeil commence de sourire
Sur les ailes du jour, les souffles du zéphyre
Sillonnent mollement les plaines de Thétis;
Et, faisant soupirer, sur les bords du Bétis,

Des flexibles roseaux la troupe harmonieuse,
Ils flottent au sommet de l'If et de l'Yeuse,
Vont jouer sur les fleurs des bosquets contigus,
D'où sortent des grillons les petits cris aigus ;
Font frémir des forêts le mobile feuillage,
Que réjouit l'oiseau de son doux gazouillage.
Des troupes d'alcyons, de cygnes, de canards,
Parmi des cris bruyans, viennent de toutes parts
Se percher, près de moi, sur ces roches ardues,
Pour délasser, au jour, leurs ailes détendues.
Soudain ont retenti, du concert de leurs voix,
Le rivage des mers, l'air, la terre, les bois ;
Salut que ces oiseaux, volant à la pâture,
Adressent au soleil, père de la nature.
De lumière il inonde et la terre et le Ciel :
Son front éblouissant, le trône d'Uriel,
De ses rayons dorés disperse au loin les gerbes,
Qui vont de l'Océan peindre les flots superbes.
D'un impuissant courroux l'Océan gronde encor ;
Ses flots moins furieux d'un moins rapide essor,
Vont sillonnant l'azur de son immense plaine
Des bords du Finistère aux rocs de Sainte-Hélène.

Celui qui tenterait de chanter l'Océan,
Eût-il l'enthousiasme et la voix d'Ossian,

Se sentira toujours accablé de sa tâche
Où d'un charme inconnu le pouvoir le rattache.

« Cesse , grand Océan , d'épouvanter la terre
Que ta ceinture immense environne et resserre :
Celui , dont un clin d'œil sur tes plaines d'azur ,
Fait taire le courroux de l'ouragan obscur ,
Et rentrer ta fureur dans tes grottes profondes ,
Et dont le souffle seul bouleverse tes ondes ,
Fera seul échouer les sinistres complots
Que tes monstres marins trament au fond des flots. »

« Pour enfler ton abîme il n'est plus de déluge :
L'arc-en-ciel du salut est seul notre refuge !
En vain mugiras-tu contre les murs de Tyr ;
Ils sont là tes vainqueurs ! le lâche repentir
N'a démenti jamais leur audace , et Nérée
S'est laissé sillonner sa surface azurée :
Tu supportes depuis une forêt de mâts
Qui vont , sur tes écueils , chercher d'autres climats. »

« Ta rage en vain rejette , à l'entour de nos havres ,
Des réprouvés du Ciel la foule des cadavres ;

Coock, Magellan, Colomb, malgré tes flots amers,
Iront, toujours conduits par l'étoile des mers,
Voguer autour du monde, et découvrir des îles,
D'autres peuples nouveaux et des terres fertiles.
Pour eux le plus doux charme est d'éprouver l'horreur
D'être lancés au Ciel par les flots enfureur ! »

« Vois le coursier sauvage, hérissant sa crinière,
Qui court, saute, bondit dans sa libre carrière ;
L'œil pétillant d'éclairs, les naseaux écumans,
Et remplit les déserts de ses hennissemens :
Vois : Castor le saisit, jette un mors à sa bouche,
Et saute sur le dos de l'animal farouche ;
Il se cabre, il se dresse, et fier de sa beauté,
Caracole, orgueilleux du Dieu qui l'a dompté. »

« Tels, sur ton sein enflé d'un orgueil plus sublime,
Bondissaient et roulaient les flots de ton abîme,
En faisant retentir, depuis Madagascar,
La voix d'Adamastor, jusqu'au tombeau d'Oscar,
Avant que de Typhis et des fiers Argonautes,
Le navire eût osé voguer loin de tes côtes ;
Avant que Paul Gama, par ses vaisseaux guerriers,
Sur le géant des mers n'eût conquis ses lauriers. »

« Le Nil , l'Indus, le Gange, et le fleuve Amazone ,
Roulant le plus de flots, sous la brûlante zone ,
Vont, en perdant le nom de leurs bruyantes eaux,
S'engloutir dans l'abîme avec mille vaisseaux ;
Mais le vainqueur des rois , qu'adora la victoire ,
Et qui fut pour la France un solstice de gloire ,
Océan , l'as-tu pu ravir au Panthéon ?
Non, je vois l'univers plein de Napoléon ! »

« Un jeune prince , à qui tes ondes souveraines
Se sont laissé saisir et ton sceptre et leurs rênes,
Conduit et soutenu par le vœu des Français,
Ose, d'un bras armé par l'espoir du succès,
De ton gouffre béant arracher une proie
Qui repaissait le plus ton orgueil et ta joie :
Ce prince, c'est Joinville ; Océan , ton affront
Va, d'un faisceau de gloire, environner son front. »

« Quand tu sors bouillonnant de tes gouffres immenses
Sur le front de tes flots tu roules, tu t'avances,
Pour effrayer nos bords de ton bruit effrayant ;
Quand, sur tes champs d'azur, tu bondis , secouant
Les flots de ta crinière, une foule d'orages
Vont, hurlant de fureur, promener les naufrages

Où se voient engloutis les cris et les transports
De ces mondes flottans qui saluaient leurs ports ! »

« Mais que celui qui fait, terrible, redoutable,
Retentir sur nos bords sa voix épouvantable,
Tremble aussi d'éprouver l'épouvante à son tour !
Océan, que celui qui, franchissant, un jour,
Les barrières de fer prescrites à ton onde,
S'élança sur la terre et dévora le monde,
Tremble d'être anathème, et dévoré comme eux
Du déluge second qui doit être de feux !... »

LES RÉVOLUTIONS
DE LA NATURE.

SCÈNE SIXIÈME.

Émile et Colbert.

De mes scènes je vais transporter le théâtre
Aux lieux où des malheurs, que mon âme idolâtre,
Viendront se déployer sous mes yeux attendris.
Quand l'ombre de la mort erre sur les débris
Que j'aperçois épars dans les tristes campagnes,
J'avance, les torrens, qui tombent des montagnes,
Frappent de ces déserts l'écho silencieux.
Le luth de la pitié vibre mélodieux,

3

Et de tendres soupirs s'échappent de mon âme!...
Je suis seul pour sentir l'affligeant de ce drame!...

    Comme l'aigle des monts à l'œil sublime et clair,
Lorsqu'il plane en son vol dans les plaines de l'air,
Orgueilleux de porter la foudre dans ses serres,
S'il vient d'apercevoir, sur la face des terres,
Quelque proie innocente, il fond de sa hauteur,
La saisit, la dévore aux cris de sa douleur!...
Tel le spectre des morts, du séjour des tempêtes,
Qui versent leurs fléaux sur nos tremblantes têtes,
Vient de fondre en ces lieux, moissonnant de sa faux
Tout ce que le malheur lui donna pour troupeaux.
Que la nature est triste! Un jour lugubre et pâle
Éclaire les horreurs que ce désert étale,
Devant moi, dans ces lieux, pas un être vivant,
Aucun zéphyr ne souffle; aucun arbre mouvant
A mes yeux ne décèle un seul signe de vie.
Des sites variés l'existence est ravie.
La mort, traînant le soc de la destruction,
A ruiné les champs de cette région.

    Le penchant d'un côteau, mal exposé, stérile,
Composait tout l'enclos de Colbert et d'Émile.
Dans ce monde, où le pauvre est misérable et nu,
Colbert, sans envier, fut toujours inconnu

Des trésors que répand la main de la fortune,

Et de ceux que séduit sa faveur importune.

Mais le seigneur Vastol fit donner à Colbert

L'espace resserré de ce côteau désert.

Cependant quel bonheur à lui de se voir maître

D'un petit coin de terre où son pied pût se mettre !

O soleil ! tu l'as vu répandre ses sueurs

Sous le poids accablant des brûlantes chaleurs !

Avec quels bras nerveux il arrachait sans cesse

De cet âpre terrein la sauvage rudesse !

Avec quelle énergie on l'a vu défricher

Ce désert hérissé de pointes de rocher,

Et d'horribles forêts de ronces et d'épines,

Repaire fourmillant de races vipérines.

Quand, le soir d'un beau jour, sous la voûte du ciel,

S'obscurcit le nuage et brille l'arc-en-ciel,

Le vent souffle, l'ébranle, et l'eau si désirable

Tombe, arrose, amollit ce sol neuf et friable :

Ainsi, quand un berger, au mois chaud du Cancer,

Secoue un long palmier sur le bord de la mer,

En roulent aussitôt des perles de rosée

Dont la terre brûlante est autour arrosée !

Sous ces bras vigoureux, on voit naître un jardin

Où de pourpre Bacchus nuance le raisin,

Où Priape et Pomone, unis par l'hyménée,
Aiment à prodiguer, durant toute l'année,
L'un, choux-fleurs, artichauts, légumes potagers,
L'autre, ses pommes d'or, les doux fruits des vergers.
Au centre du jardin, comblé par l'abondance,
S'élève la maison, petit lieu de plaisance,
Où ce menu trésor, qu'une main a jeté,
De Colbert trop heureux charme la pauvreté.
La fortune souvent du bonheur s'accompagne :
Colbert reçoit du ciel Emile pour compagne ;
La belle et tendre Emile, aux yeux empreints d'azur,
Qui couronne ses vœux du bonheur le plus pur.
Ce couple heureux jouit, dans son petit domaine,
Des fruits et des trésors que l'abondance y mène.
Deux fois par jour leur table est couverte de fruits,
De pêches, de raisins que leur vigne a produits.
La figue, l'abricot, la prune avec la pomme,
Ces mets si naturels, si savoureux à l'homme,
Rangés en pyramide, étalent leurs couleurs,
Parfument ce séjour de suaves odeurs :
Et ce dessert exquis, dont les pures délices
N'ont point le fiel qui reste au fond de nos calices,
Pour allécher le goût qui doit en jouir mieux,
Va charmer l'odorat et séduire les yeux.

Bientôt deux jumeaux, fruit d'une couche fertile,
Viennent combler les vœux de Colbert et d'Emile.
Quel surcroît de bonheur! et Clélie et Colin!
L'une, c'est Virginie, et l'autre, Benjamin!
Que leur père est heureux! que leur mère les aime!
Ils donneraient pour eux, s'il fallait, leur sang même!
Bientôt ces deux jumeaux, objets de tant d'amour,
Jolis comme deux fleurs, vont se livrer, le jour,
Aux jeux de l'innocence où se plaît leur jeune âge :
C'est du printemps des jours la plus naïve image.
Leur mère en souriant les observe de loin
S'offrir les meilleurs fruits, choisis avec grand soin,
La grappe la plus mûre, et la pomme et la pêche.
De grimper sur la branche à Colin rien n'empêche,
Pour offrir à sa sœur tout ce que ses désirs
Paieront par un baiser : ô suaves plaisirs!
Leur père les regarde, en piochant la vigne ;
D'avoir de tels enfans il se croit être indigne.
Ces échanges d'amour, dans cet âge enfantin,
Rendent Colbert distrait des travaux du jardin ;
Il sourit en lui-même à leurs jeunes caresses :
Innocence, plaisirs, naïves gentillesses,
Jeux, candide douceur, tout, dans ces beaux enfans,
Charme, enchante, ravit ces modestes parens.

Qui, s'épiant de loin, s'échangent un sourire,
Emporté jusqu'au ciel sur l'aile du zéphyre.

Cette famille ainsi coulait ses plus beaux jours,
Sans prévoir qu'ils allaient se perdre dans leur cours.
Déplorable malheur! l'affreuse destinée
Accourt sur le déclin d'une belle journée;
Et son regard jaloux, d'un tel bonheur blessé,
Commande alors qu'il soit de la terre effacé!
Le roi des ouragans attèle les tempêtes
A ce char foudroyant qui roule sur nos têtes,
Et fait fondre du Ciel sur l'habitation,
Les ondes et les feux de la destruction.
Autour de son foyer frissonne la famille,
Lorsque sur eux l'éclair, vif glisse et luit et brille!...
L'effroi seul les retient fortement embrassés;
Ils entendent le bruit des arbres fracassés,
Les horribles torrens des trombes qui bondissent,
Et dont les airs, la terre et les bois retentissent!...
Le tonnerre, soudain, rebondit sur leur toit!
O néant! ils ont cru ce que la frayeur croit!
Ils en tremblent!... Alors, la plus proche colline
Se détache du sol, dans sa pente s'incline,
Roule, entraîne avec bruit arbres, rocs arrachés
Que poussent les ruisseaux des torrens épanchés;

Le fracas de sa chute, aux échos de la ronde,

Va frapper en comblant la rivière profonde !...

Ce bruit épouvantable, en roulant au désert,

Revient faire trembler la maison de Colbert !...

Tout-à-coup le terrein, qui soutient l'édifice,

Miné par les torrens, fend, se relâche et glisse...

Mais un chêne, au-dessous, arrête, un seul moment,

La maison en travers et tout l'éboulement.

Colbert, épouvanté d'une telle secousse,

Leste dans le danger qui le presse et le pousse,

Se relève en sursaut, prend, emporte dehors

Sa femme, ses enfans, tous trois à demi-morts ;

Court, s'enfuit sous le poids d'une charge si chère,

Et sauve dans les champs les enfans et la mère.

Il retourne chercher ses meubles, ses effets,

Les vivres, les habits, les précieux objets.

Emile, le voyant de retour auprès d'elle,

Lui dit : ô malheureux ! dans quelle mort cruelle

Tu te vas... Mais Colbert brave encore le danger :

Emile court après, et veut le partager.

Ah ! tu n'iras jamais pleurer, dans ton jeune âge,

La mort de ton époux, les ennuis du veuvage !

Quel destin vous unit, en vous précipitant

Dans le fleuve étonné qui recule en hurlant !..

Aux bruits les plus affreux du jour le plus horrible,
Le calme obscur des nuits succède plus terrible.
Rien qu'un seul cri se mêle au murmure des eaux.
Au-dessus des torrens qui tombent des côteaux,
On entend une voix qui de soi désespère.
« Ah! Dieu, sauvez ma mère! Ah! Dieu, sauvez mon père!
C'est la voix du malheur, la voix de l'orphelin,
Le cri de deux enfans, victimes du destin.
Ils répètent encor, tous deux, les mains levées,
Ah! sauvez notre mère! Et leurs voix épuisées
S'en allaient par degrés se perdre faiblement
Dans les échos lointains, privés de sentiment...
Tels deux petits oiseaux, sur un rocher sauvage,
Que vient de dénicher un chasseur de village,
Remplissent l'air de cris, en appelant, hélas!
Une mère que vient de ravir le trépas.
   O voix des orphelins! l'œil de la providence
Du ciel fera descendre à toi sa vigilance.
Vous vous êtes tous deux aimés dans le bonheur;
Vous vous aimerez mieux encor dans le malheur.
Quand le soleil ardent vient éclipser les astres,
Et d'un brillant sourire éclairer ses désastres;
Quand la nuit, s'enfuyant vers l'occident obscur,
Dévoile tant d'horreur aux yeux d'un ciel d'azur,

Vastol part pour la chasse, invité par Diane :
Avant d'entrer au bois, Vastol, sous une liane,
Aperçoit deux enfans couchés sur le gazon ;
Ils dorment, mais pourquoi si loin de leur maison ?
Il s'approche, frappé d'un présage sinistre
Qui lui fait pressentir je ne sais quoi de triste.
Ils dorment, mais, ô Dieu ! quel terrible sommeil !...
Dans l'autre monde, un jour, il aura son réveil...
Ce seigneur, attendri jusqu'au fond de son âme,
Pour répandre les pleurs que la pitié réclame,
Détourne ses regards d'un objet si touchant,
Ne voit plus leur maison à côté de son champ.
Soudain, gloire, grandeur, plaisirs, éclat, richesse,
Tout croule, disparaît devant tant de tristesse !
Que de sombres pensers roulent dans son esprit.
Devant tous les malheurs que la mort entreprit !

   Par les soins de Vastol, au fond de la vallée,
On élève un tombeau, superbe mausolée,
Où les deux orphelins, ensemble réunis,
Dormiront jusqu'au temps des siècles infinis !...

LES
RÉVOLUTIONS DE LA NATURE.

SCÈNE SEPTIÈME.

La Famine et la Peste.

Lorsque la créature, à l'aurore du monde,
Séduite dans son cœur par un esprit immonde,
Eût tenté d'usurper le rang du Créateur,
Le crime ouvrit alors les portes du malheur,
Et Dieu répudia la terre criminelle...
« Tu n'étais rien avant pour ma gloire éternelle,

Mais moins après, dit-il; au mépris de mes lois,
Tu viens de te créer un Dieu d'un autre choix :
Eh! bien, je t'abandonne à sa rage infernale,
Aux malheurs qu'a produits la science fatale,
Pour t'apprendre combien le bonheur que tu perds
Est digne de regrets, sur le bord des enfers!...
Je t'abandonne aux traits de ma juste colère!
Et trop heureux pour toi que mon bras te tolère,
Et ne t'arrache pas l'être qui t'est donné!...
Mais ma clémence encor ne t'a pas condamné,
Et ma bonté s'oppose aux traits de ma justice.
Sur toi l'astre des maux, atteignant son solstice,
Déchaînera les vents des révolutions,
Les guerres, les fureurs des folles passions,
Dont tes champs ravagés deviendront le théâtre. »
    Sur la terre aussitôt la nature marâtre
Enfanta pour le crime un déluge de maux.
Alors la rage arma la dent des animaux :
Exécrable avorton de l'antique reptile,
Le serpent dresse encore une tête subtile
Sur l'homme qui l'écrase, et, dans son pied qu'il mord,
De son venin mortel innocule la mort.
Le tigre et le lion, dans leurs gueules sanglantes,
Emportent deux agneaux, et leurs mères bêlantes

Suivent les ravisseurs à la trace de sang :
Le faible ainsi périt victime du puissant.
Entre les animaux une fatale guerre
Sème partout la mort, ensanglante la terre :
Ils osent s'acharner contre l'homme, leur roi,
Et le terrasser même ou le remplir d'effroi!...
La misère, la mort, la famine, la peste,
Accroissent les fléaux dont le courroux céleste
Frappe les héritiers de la faute d'Adam.
Le monde, devenu l'empire d'Ariman,
N'est qu'un vaste hôpital où les plus tristes scènes
Fatiguent la pitié de misères humaines ;
Où la souffrance implore, ô pitié! ton secours,
En priant que le Ciel daigne bénir tes jours ;
Où le cri déchirant des douleurs les plus vives
Voit bientôt les heureux devenir ses convives.

Si le ciel irrité, se couvrant tout d'airain,
Cesse de présider à l'ordre souverain,
Les mondes effrayés tombent dans l'anarchie :
De son retour direct se voyant affranchie,
Chaque saison se perd, erre au sein des hasards ;
Et la stérilité, pleuvant de toutes parts,
Tombe, durant trois ans, sur les champs de la France.
Les hommes ont touché la fin de l'espérance.

Ils vont se l'arrachant paître l'herbe des prés ;
Mais tous ces mets grossiers sont bientôt dévorés :
Il n'est plus de gazon : plus affamés encore,
Ils courent déterrer (et chacun les dévore),
Les cadavres infects qu'enfermaient les tombeaux ;
Et tout grouillans de vers, ces horribles lambeaux
Assouvissent leur faim, comme en un jour de fête :
Tels la fable nous peint les festins d'Ocypète.
Les mères, bannissant tout amour maternel,
(O cruelle famine ! ô besoin criminel !)
Egorgent de leurs mains le fruit de leurs entrailles.
Le désespoir, semant ces tristes funérailles,
D'une bouche semblable au cratère enflammé
D'où la lave jaillit sur un peuple alarmé,
Vomit contre le Ciel ces damnables blasphèmes :
   « Barbare Créateur des misères extrêmes,
Dans le sang de mon fils pourquoi forcer mes mains
De plonger en tremblant le fer des assassins ?
Si des monstres de mer outragent la nature,
Quand leur faim se prépare une telle pâture,
N'es-tu pas plus cruel et plus monstre que moi,
De fouler le premier ta justice et ta loi ?
Tu poignardes le fils par la main de la mère !
T'ai-je demandé l'être, ô Dieu si sanguinaire !

Plus perfide cent fois qu'un vampire infernal.

La rage de la faim, au pied du tribunal

Où siège un autre Dieu, meilleur et plus auguste,

Te jette son défi !... tu n'es plus un Dieu juste !...

Que ces portes s'ouvrant roulent sur leurs verroux ;

Entre et parais ici ! je brave ton courroux !...

Je ne crains ni démon, ni Dieu, ni Ciel, ni foudre,

Tonne ; frappe ma tête, et me réduis en poudre !

Pour maudire le Ciel une femme a vécu :

Ma conscience est tout ! je meurs, mais j'ai vaincu. »

Elle se perce, et tombe, et son âme farouche,

Avec des flots de sang, s'échappe par la bouche.

La mort, prenant son vol du faîte de ces toits,

Va semer ces horreurs dans les champs et les bois.

Les hommes, que la faim change en tigres féroces,

S'emportent, dans leur rage, à des excès atroces.

Les traîtres ! on les voit, et sans se provoquer,

Se poursuivre en tous lieux, se frapper, s'attaquer,

Non pas pour s'arracher des trésors inutiles,

Ni pour se maltraiter pour des haines futiles,

Ni se venger encor d'un outrage insultant,

Mais pour se dévorer... Quel excès révoltant !...

Dans un horrible effroi, le voyageur qui passe

Recule, en retrouvant des restes de carcasse.

Pour soustraire ses yeux à ce spectacle infect,
Il détourne ses pas, mais un semblable aspect
Vient blesser de nouveau sa vue embarrassée,
Et soulever son cœur, son âme et sa pensée.
Les loups et les corbeaux, accourant des forêts,
Viennent se disperser dans les bois, les guérets,
Pour dévorer entr'eux cette pâture affreuse.
Les loups, qu'attire encor l'odeur cadavéreuse,
Vont en foule courir sur le bord des chemins,
Pour se repaître encor de cadavres humains.
Ces troupes d'animaux à ces fêtes accourent,
Assiègent en hurlant les hameaux qu'ils entourent,
Se jettent sur les morts, sautent sur les vivans,
Qui, comme des rebuts ou des spectres errans,
Traînent des corps hideux, dont un reste de vie
Va, faute d'alimens, être aussitôt ravie.
Sans nulle résistance à la rage du loup,
Ils sont tous déchirés, mis en pièces d'un coup.

　　Parcourons chaque lieu qui depuis nous atteste
Les tableaux douloureux de la cruelle peste.
Quelle furie étend ses ailes dans les airs,
Et verse ses poisons sur les peuples divers?
Pareille à Céléno, sortant de sa caverne,
Elle ose s'échapper des gouffres de l'Averne :

Pour punir les excès d'un peuple débauché,

Dieu vient d'en évoquer la fille du péché.

Ce monstre, abandonnant les huttes du Tartare,

Se dirige aux sommets des montagnes d'Ismare,

Et pousse les poisons de son souffle subtil

Sur le peuple nombreux qui boit les eaux du Nil,

De là vient secouer, sur l'Europe maudite,

Ses rameaux d'Aconit, trempés dans le Cocyte.

Jamais tant de mortels dans les bras de la mort!

Du Sud brûlant la peste, aux glaciers du Nord,

De morts pestiférés vient de joncher la terre :

Tel, sur les champs de Mars, le bronze de la guerre

Vomit en mille éclats la mitraille de feux

Sur les rangs effrayés des bataillons poudreux,

Et les renverse en masse, étendus dans la plaine ;

Ou, comme, avant l'hiver, de sa bruyante haleine,

L'automne jaunissant souffle à travers les bois,

Et de feuilles parsème et nos champs et nos toits.

Partout des morts sans nombre, et partout cimetières !

Et la religion, sans prêtres, sans prières,

Laisse, en pleurant sur eux, éteindre ses flambeaux :

La terre à tant de morts a manqué de tombeaux !

La nuit silencieuse, étendant ses ténèbres,

Vient déchaîner partout ses fantômes funèbres.

La peste s'envolant des marais de Pékin,
Vient porter ses fureurs sur le bord africain,
Pour frapper, à Tunis, une illustre victime
Qui devait conquérir le tombeau de Solyme.
Au moment que Louis lève sur Mahomet
Le glaive des combats, qu'il marche et se promet....
Dieu prend cette victime et si blanche et si pure,
Pour guérir les excès des peuples d'Epicure.

　Despotes du pouvoir, monstres d'ambition,
Voyez le saint héros de la religion,
A l'aspect de la mort, de ses grandeurs descendre,
Et, martyr de la foi, se coucher sur la cendre :
Qu'ils soient, en abaissant les yeux sur ce cercueil,
Confondus à jamais, les princes de l'orgueil !
O rois !.. voilà Louis... Il est votre modèle.
Pour arracher Solyme au joug de l'infidèle,
Et terrasser encore, au pied de Golgotha,
Cet énorme dragon que l'enfer y posta
Pour fermer aux chrétiens le chemin de la vie ;
Pour conquérir le Ciel que Satan nous envie,
Sur les pas de Louis marchez, et dans les airs
Déployez l'étendard qui sauve l'univers !..

　Sur sa face Louis du Ciel porte l'empreinte :
Jusqu'au dernier degré de l'humilité sainte,

Il abaisse en mourant toute sa majesté :
Mais enfin Dieu l'élève à sa sublimité,
Sur un trône éclatant qu'entoure la victoire,
Pour un règne sans fin le couronne de gloire.
Pour les rois très-chrétiens saint Louis prie encor,
Et du Ciel sur la France étend son sceptre d'or.
L'armée en deuil transporte à la France éplorée
Les restes précieux de sa cendre adorée.

    La peste vole au loin, du vent contagieux
Qui souffle par sa bouche, infecter d'autres lieux.
Ce navire fatal, de quels lointains rivages
Vient-il nous apporter la peste et ses ravages?
Il vogue vers Marseille, il entre dans le port,
Et la contagion se glisse avec la mort
Dans tous les habitans de la superbe ville.
La charité du Christ, en grands hommes fertile,
Enflamme son héros et de zèle et d'amour :
Belzunce va, la nuit, Belzunce va, le jour,
(Et des bienfaits sans nombre éclosent sur sa trace,)
Répandre de ses mains le baume de la grâce
Sur les vives douleurs des ulcères brûlans
Dont gémit, en tous lieux, la foule des mourans.
Là, le prélat parcourt les rangs de ses ouailles
Dont les cris douloureux émeuvent ses entrailles.

La mort fait dans les airs flotter son étendard.

Tous les secours du Ciel, tous les secours de l'art

Forcent leur bouche éteinte à sourire de joie,

A l'aspect de la mort qui vient ravir sa proie :

Une main les arrache à l'enfer déchaîné.

A travers les soupirs d'un souffle empoisonné,

Le saint écoute ici, d'une oreille attentive,

Tous les derniers aveux de la foule plaintive;

Et, sans s'épouvanter du glaive du trépas

Qui frappe autour de lui pour arrêter ses pas,

Seul, il conduit les morts aux bords de l'autre monde,

A travers les chemins de cette ville immonde.

La mort a de sa faux moissonné son clergé;

Et, telle en sa fureur qu'un lion enragé,

Elle ouvre sur Belzunce une gueule béante :

Mais, ferme à repousser l'orage et la tourmente,

L'ange de l'évangile est seul resté vainqueur

Des traits dont l'accablait l'ange exterminateur.

Un affreux souvenir plane sur Barcelone,

Epouvante les murs de notre Babylone.

Le choléra-morbus aux traits hâves, flétris,

Vient se rouler enfin sur la France et Paris :

Monstre mystérieux pour les fils d'Esculape,

A leur vaine recherche, insoluble, il échappe :

De victimes sans nombre il charge ses autels,
En exhalant partout ses miasmes mortels.
Sur les orbes ferrés d'un carrosse qui roule,
La mort va décharger les cadavres en foule.
Mais l'orgueilleux Paris, en héros si fécond,
Pourra-t-il nous montrer un Belzunce second
Pour oser apporter aux lits des cholériques,
Même à ses ennemis, ses soins évangéliques,
Semblable à saint Vincent, père de l'orphelin?
Oui, l'ombre de Belzunce a nommé de Quélen.

   Les révolutions bouleversent la terre ;
La nature pâtit des élémens en guerre.
Ici, l'éruption d'un immense volcan
Éclate sur ce mont et fait fuir l'Océan !
Là, la terre se fend, s'ouvre sous des murailles,
Engloutit le hameau, la ville en ses entrailles !
Le temps voit sous sa faux l'univers abattu.
Tout change, tout périt, excepté la vertu,
Dont le doux souvenir, comme un parfum céleste,
Sur les débris du monde et se conserve et reste.

   Quand j'ai, sur ce sommet, couronné de gazon,
Contemplé les tableaux d'un immense horizon,
Je descends, et je suis le soleil qui décline ;
L'ombre fraîche du soir, de colline en colline,

Descend de la montagne et se prolonge au loin :
C'est ainsi que le monde, (hélas ! j'en suis témoin,)
Descend sur le déclin de ses tristes années
Qui vont dans le passé disparaître fanées.
Devant l'affliction de ces tableaux touchans,
Les pleurs mouillent ma lyre, interrompent mes chants.

LES RÉVOLUTIONS
DE LA NATURE.

SCÈNE HUITIÈME.

La Discorde, Rome.

Je poursuis mon chemin, dès que l'aube première
Vient faire resplendir l'Orient de lumière ;
Et de ces monts à pic je gravis le sommet.
Le monde qui m'entoure à mes regards soumet
Les spectacles divers de ces vicissitudes :
Ici, peuples, combats; là, déserts, solitudes.
Dans un double horizon, qui se montre à mes yeux
Infini dans les temps, infini dans les lieux,
Je vois naître et mourir les peuples, les royaumes;
Les hommes s'acharner et s'égorger les hommes.
Je vois, depuis Caïn, la chaîne des forfaits
Jusqu'aux mains de Fieschi s'allonger à jamais,

Balancer ses anneaux dans leurs mains homicides
Pour asperger de sang tous les siècles rapides ;
Et depuis le premier jusqu'au dernier anneau
Je dis : l'homme pour l'homme est le plus grand fléau.
Fille de Lucifer, la barbare Discorde
Qui, loin de cette terre, expulsa la Concorde,
Vient, en soufflant le feu des révolutions,
Perdre, bouleverser toutes les nations :
Les terribles accens de sa triple trompette,
Que de tout l'univers l'immense écho répète,
Appellent, sur le bord de l'abîme éternel,
Les peuples et les rois en ordre solennel :
Foudroyés, ils y sont précipités sans vie !
Et sa rage !.. ce sang ne l'a pas assouvie.

   Quelle puissante main, dans le siècle de fer,
A pu, dans sa colère, ouvrir l'affreux enfer,
Sur leurs verroux rouillés rouler ses larges portes,
Pour en lancer soudain ce monstre et ses cohortes
Sur le vaste univers, sur les enfans d'Adam ?
C'est la main du péché, c'est la main de Satan.

   « Dans mon juste courroux, je leur jurai, dit-elle,
A ces êtres maudits, une haine éternelle,
Lorsqu'ils furent tirés de l'éternel sommeil
Pour folàtrer ensemble aux rayons du soleil,

Dès qu'un Dieu, s'arrachant des bras de l'indolence,
Pour me manifester l'éclat de sa puissance,
Voulut faire, ô merveille! éclore de ses mains
Tous ces fiers myrmidons qu'on nomme les humains,
Je les vouai sitôt à toute ma colère :
Et voilà de leur vie, oui, voilà le salaire!..
Mais depuis que je souffre un refus odieux
Qu'osèrent... ô vengeance! ô Troyens dédaigneux!
A quoi les destiner? C'est trop peu que la foudre
Ecrase leur orgueil, haletant dans la poudre,
Qu'aux autels du destin ma colère ait juré
De les exterminer par ce glaive acéré,
D'inonder de leur sang la face de la terre,
D'y laver mon affront au bruit de mon tonnerre!
Je voudrais.... mais quel Dieu, maître des élémens,
Pourra bien seconder mes terribles sermens!
Abîmes, vomissez vos monstres et vos ondes!
Et vous, profonds enfers, de vos prisons profondes,
Déchaînez vos démons, les spectres de la mort;
Et vous, cieux élevés, croulez avec effort!..
Mais, quoi! si l'univers, ces empires extrêmes,
Osent me refuser leurs secours, leurs bras mêmes,
A quel Dieu recourir? à ma seule fureur.
Tremblez!.. Pour m'échapper, les pieds de la terreur

Ne trouveront jamais devant vous un asile
Contre les traits plus prompts de la nature hostile.
Adralec m'ouvrira les écluses des cieux
Afin d'en faire fondre un océan de feux
Sur les restes tremblans de la race maudite,
Et de m'incendier la terre en son orbite! ·
Mais avant d'implorer le roi des ouragans,
Sachons poursuivre encor nos exploits éclatans :
Si toujours mes drapeaux appellent la victoire,
Je triompherai mieux sans partager ma gloire. »

 Ce monstre, qu'a vomi le gouffre des enfers,
Vole à travers les temps et les peuples divers,
Arborant ses drapeaux sur les remparts des villes
Qu'elle embrase du feu des discordes civiles,
Renversant dans son vol empires, potentats,
Sous la hache du temps, sous le fer des combats.

 Terre de Mesraïm, et vous, peuples Numides,
Regardez au sommet des hautes pyramides.
Là, spectre insidieux, la mort vient se poster
Sous les ailes du temps, forcé d'y s'arrêter;
Et contemplant de là l'immense perspective
Des peuples de la terre, où la Discorde active
Les prépare à livrer à la destruction,
Elle s'élance, au gré de son ambition.

Moissonnant de sa faux les nations diverses,

L'empire d'Alexandre avec celui des Perses,

L'empire des Romains et des Carthaginois ;

Enfin Napoléon complète ses exploits :

Je me trompe, la mort... Tremblez, races futures !...

Lorsque l'antiquité, de peuplades obscures,

Vit Rome s'agrandir autour de son berceau,

Pompilius fonda cet empire nouveau

Sur la religion, le droit et la justice,

Mais sa nymphe acheva son fameux édifice.

La reine des cités, fière de Cicéron,

Marche entre Paul-Emile et le grand Scipion,

De triomphe en triomphe au char de la victoire,

Atteint jusqu'à César son solstice de gloire.

Comme un vaste colosse étend ses bras de fer,

Et sous lui voit trembler et la terre et la mer,

La ville du dieu Mars, du Danube à l'Euphrate,

Etend ainsi ses bras, dont la puissance éclate

Sur les Francs, les Bretons, peuples fiers mais vaincus,

Sur l'Atlas, et les champs où régnait Séleucus.

Son aigle, qu'embellit l'or du riche Pactole,

Contemple avec orgueil, du haut du Capitole,

Les immenses états, par son vol envahis,

Les princes et les rois des plus lointains pays.

Traînés devant le char où triomphe Pompée,
Esclaves dont la tête attend les coups d'épée.
Rome républicaine, exerçant ses soldats,
A conquis l'univers, brisé ses potentats,
Et Rome corrompue, esclave et monarchique,
Décline sans vertu sous le joug despotique.
Le despotisme, eh! quoi, cet horrible serpent
A-t-il pu dans ton sein se glisser en rampant?
Et d'un pied courroucé que la liberté prête,
Pourquoi de ce Satan n'écrasais-tu la tête?
Céleste liberté, tu n'as plus de Brutus
Pour faire refleurir tes sublimes vertus!
Et Rome, où ton soleil contemplait sa patrie,
Rome, sous ses tyrans. tombe, tombe flétrie
Dans la corruption d'un monde dépravé.
Déjà la servitude a sur son front gravé
Les stygmates de morts en traits ineffaçables.
Caligula, Néron, ô monstres exécrables!
Pourquoi reçûtes-vous l'existence du Ciel?
Vous avez abreuvé tous les Romains de fiel;
Vous avez bu leur sang dans vos festins barbares,
Leur sang dont vous deviez être le plus avares;
Vous avez, des mortels maudits et détestés,
Usé dans vos excès toutes vos facultés;

Vous avez, aux lueurs des cadavres en flammes,
Exercé vos fureurs, vos débauches infâmes.
Quel supplice expiera vos dissolutions?
Rien qu'une éternité de malédictions!...
Peuples, séchez vos pleurs, car le Christianisme
Va du monde extirper cet affreux despotisme :
L'ancienne liberté, que vous ravit Satan,
Va de ses traits de feu atterrer le tyran.
Peuples, qui gémissez dans les pleurs, la souffrance,
Tournez vers l'Orient les yeux de l'espérance,
Et voyez resplendir l'aurore du bonheur
Dans un Ciel éclatant d'amour et de splendeur.
A genoux! le soleil de la gloire divine,
Qui de l'astre infernal doit causer la ruine,
Sur la terre d'Adam se lève beau d'amour.
Le Dieu du sombre empire, obscurcissant le jour
Par les noires vapeurs de ses ailes funèbres,
Avait sur les mortels répandu les ténèbres;
Mais le Verbe, soleil de l'immortalité,
Verse de toutes parts des torrens de clarté,
Les grâces, la chaleur, et l'amour et la vie.
C'est au milieu des temps, des peuples de l'Asie
Que le Christ vient planter l'étendard de la Croix :
Mais dans toute la terre a retenti sa voix!...

Et les échos souffrans des nations esclaves
Lui répondent partout en brisant leurs entraves :
Ce cri de liberté, qui leur descend des cieux,
A l'effroi des tyrans se répète en tous lieux !...

Instrumens dont se sert le bras de la justice
Pour frapper les Romains qui nagent dans le vice,
Les Hérules, les Huns, peuplades du Mogol,
Semblables aux vautours, s'attroupant dans leur vol,
Pour aller, vers le soir, dévorer leur pâture,
Viennent, jetant l'effroi dans toute la nature,
Se ruer sur les Goths, les Alains, les Germains,
Et les refoulant tous, fondre sur les Romains,
Balayer au néant leurs superbes trophées,
Et les vers sybillins de leurs trompeuses fées !

Tous les féroces ours, que nourrissait le Nord
Dans ses sombres forêts, sentant l'odeur de mort,
Viennent fondre, animés par l'espoir de leurs fêtes,
Sur le coursier de Mars, vieilli dans les conquêtes.
Quand Augustule a vu l'empire des Césars
Dans la poudre du temps crouler de toutes parts,
Et qu'un peuple nouveau, vigoureux de jeunesse,
A retranché de Rome une impure vieillesse,
L'empire de Léon, sur le mont solennel,
Par Pierre protégé, reste seul éternel !...

LES

RÉVOLUTIONS DE LA NATURE.

SCÈNE NEUVIÈME.

Les Croisades.

Quel est celui qui va du fond de l'Arabie
Conquérir les états où régnait Zénobie?
Quel est celui qui met le fer aux mains d'Omar,
Et traverse en vainqueur l'Atlas, le Gibraltar
Pour laisser sous Martel écraser Abdérame?
Qui, du Calvaire osant profaner le saint drame,
Fait flotter sur ce mont les cornes du croissant,
Dont le pied foule en paix la croix avec son sang?

Quel fanatique, au bras armé d'un glaive hostile,
Porte partout la guerre au Christ, à l'évangile,
Et fonde par le fer l'empire de l'Islam?
C'est l'esclave Ismaël, réprouvé d'Abraham,
Qui revient, méchant fils d'une esclave rebelle,
Marcher contre Isaac, dans sa haine éternelle:
C'est cet ambitieux, habile séducteur,
Fugitif de la Mecque, et prophète imposteur :
C'est Mahomet qui va, chef d'une grande armée,
Étendre l'Alcoran sur la terre alarmée.
Mais une voix, qui vient des rivages de Tyr,
Dans le monde chrétien commence à retentir :
A ses nobles accens l'Europe se soulève,
Arme tous ses enfans de la croix et du glaive,
Et pousse vers Solyme, en rangs désordonnés,
Des torrens de soldats, dans le vice effrénés;
Et l'Europe et l'Asie, égales en audace,
Devant Ptolémaïs se regardent en face!...
Mais quoi! tant de soldats, confirmés par Léon,
Courent sous les drapeaux du nouveau Gédéon !
Princes ambitieux de votre propre gloire,
Vos armes vainement poursuivrent la victoire.
Retirez-vous : le Christ, le Dieu d'humilité,
Rejette de Richard la brutale fierté.

Les armes de Conrad avec l'humeur jalouse
D'un héros qui devait délivrer son épouse.
Pourquoi donc, à grands pas, pousser tant de guerriers
A la vaine moisson des terrestres lauriers,
Sur ce lieux où le bras d'un courage sublime
Devait seul conquérir le tombeau de Solyme?
Aussi lorsqu'approchant la terre du Sauveur,
Dans des excès honteux vous plongez votre cœur,
Le feu de la Discorde éclate avec furie
Au milieu des héros de la chevalerie.
Les lions de l'enfer, attachés sur vos pas,
Des bords du droit chemin, dans l'éternel trépas,
Précipitent en foule, aux yeux des infidèles,
Vos soldats corrompus par des mœurs criminelles.
Les autres, désertant la cause de leur Dieu,
Laissent à l'abandon Sion et son saint lieu :
Trompés dans leur espoir qui quêtait la fortune,
Ils repassent, honteux, les pleines de Neptune :
Et voilà les hauts faits de ces Européens
Qui devaient, immolant les Turcs, les Sabéens,
Retrancher, par le fer, des terres de ce monde
L'empire corrupteur de cette race immonde.
Mais le nombre d'élus qui, passant son chemin,
Sans fléchir le genou, n'a bu que dans la main,

Marche avec Godefroy, jusqu'à la ville sainte
Qui voit le fier Croissant flotter sur son enceinte.
Georges, sur le sommet du mont des Oliviers,
Brandit étincelante, aux yeux des chevaliers,
La lance des combats !... Malheur à l'islamisme !
Soudain, à ce signal, enflammés d'héroïsme,
Les Croisés font crouler les remparts de Satan,
Et délivrent Sion de l'aspect du turban.
Dans les pleurs que produit l'ivresse de la joie
Ils arborent enfin cette Croix qui déploie
Le triomphe du Ciel sur l'enfer abattu !...
Et chacun s'abandonne, enflammé de vertu,
Aux transports de l'amour, soupirs de la prière,
Et baise en embrassant cette sainte poussière
Où le Christ a marché jusqu'au lieu du trépas,
Et marqué de son sang la trace de ses pas.

   Les Croisés vicieux, terribles et féroces
Pour réfréner des Turcs les cruautés atroces,
Prostitués sans honte au désordre des mœurs,
Comme pour se payer de leurs jours de malheurs,
A peine ont-ils, au but de leur pélérinage,
Repris sur le Croissant leur plus cher apanage,
Et placé leurs pieds nus dans les murs de Sion,
Que, métamorphosés par la religion,

Ils brûlent tout-à-coup, ô sublime contraste !
Des plus saintes ardeurs d'une âme enthousiaste.
L'effroi de mon génie admire, au saint tombeau,
Le contraste effrayant de ce fameux tableau !
Un esprit de l'abîme a tracé, sur la gauche,
Les horreurs de l'enfer, la rage, la débauche ;
A droite, un ange a peint les saints transports des cieux,
Les extases d'amour, le bonheur radieux.

Jouissez, ô Chrétiens ! de ce temps favorable,
Tandis que de Barcah le lion redoutable
Aiguise, exerce encor ses armes, près du Nil.
Tremblez ! malgré l'ardeur d'un courage viril,
Que ranimait encor leur ancienne prouesse,
Vos frères sont tombés auprès des murs d'Edesse,
Sous le fer meurtrier que brandit Nouredin.
Quel brouillard de poussière ! Aux armes ! Saladin
Marche d'un pas vainqueur, au son de ses trompettes,
Et vient de Godefroy conquérir les conquêtes.

Malheureuse Sion ! ta chute dans les fers
De tes cris gémissans va remplir l'univers !
Elle revient, la mort qui te portait envie,
S'installer sur ce mont, le berceau de la vie.
Sous les regards altiers de ce fier conquérant,
Tes pauvres pélerins défilent en pleurant :

Leurs sanglots redoublés font, le long de la route,
Rouler de tous les yeux des pleurs à grosse goutte.
Si, dans leurs cœurs, pour toi l'amour brûlait plus fort,
Dans ces rangs ennemis, ils braveraient la mort ;
Et leur arracheraient Sion de violence ;
Leur saint enthousiasme, armé de cette lance,
Renversant Mahomet de dessus l'Alborak,
Irait rendre au néant l'empire de l'Irak !
Mais ils ne sentent plus leurs âmes enflammées
Pour leur sainte patrie !... Ah ! le Dieu des armées
Aura retiré d'eux son bras et son appui,
Car la voix du péché sera montée à lui.
Si Solyme est aux fers, si ses lois sont proscrites
A qui la cause ? A vous, Templiers hypocrites.
Jérusalem était la ville du Seigneur,
Et vous y renfermiez, sous un manteau trompeur
Qu'environnaient encor les ombres du mystère,
Les excès monstrueux de l'ordre militaire.
Monstres, n'êtes-vous pas des sépulcres blanchis,
Vous, des lois de l'honneur en secrets affranchis,
Vous, acteurs insensés de secrètes orgies,
Vous, des autres Chrétiens trompeuses effigies ?
Allez, troupe maudite, expier dans les feux
Des jours tissus d'horreurs et de crimes honteux.

Dieu seul a de vos cœurs pénétré les abîmes ;
Mais de vos noirs forfaits vos frères sont victimes.

    Saladin aussitôt marche sur Ascalon,
La prend, et voit s'ouvrir les portes de Sidon.
Les féroces Tartars, de massacre en massacre,
Viennent jeter l'effroi jusque dans Saint-Jean-d'Acre.
Bientôt Malec-Kamel est aux pieds du rempart,
Pour forcer des Chrétiens le dernier boulevard ;
Et là, quelques héros, pour retarder leur chute,
Contre cent mille Turcs engagent cette lutte
Qui fit l'affreux destin des soldats de la Croix.
A l'assaut, l'ennemi, repoussé plusieurs fois,
Eut, dans chaque Chrétien, à combattre deux anges
Qui terrassaient d'effroi ses nombreuses phalanges.
Enfin Malec-Kamel avait perdu l'espoir
De réduire jamais la ville en son pouvoir :
Mais si Ptolémaïs, après tant de batailles,
A vu le fier Croissant flotter sur ses murailles,
Et la Croix, sur les mers, s'enfuir de ses états,
C'est l'œuvre de Satan, l'œuvre des apostats.
Ainsi Jérusalem, ville aux Chrétiens si chère,
A vu s'évanouir son royaume éphémère....
Que de princes avaient cependant prétendu
A n'être que de nom rois d'un état perdu !

Gengis-Kan, Tamerlan, empereurs des Tartares,
Donnant un libre essor à leurs hordes barbares,
Comme deux noirs torrens au cours dévastateur,
Sur les peuples, les rois déchaînent leur fureur,
Pour aller de forfaits couronner leur délire
Sur des trônes croulans!... l'Asie est leur empire.
Mais un vainqueur, à qui rien ne peut résister,
Sur un pâle coursier, la mort vient les dompter.
Sous ses coups, à son tour, leur empire s'écroule,
Et d'échos en échos, sur la terre un bruit roule !..

Les Turcs ont embrassé la loi de Mahomet
Pour posséder, un jour, les houris qu'il promet :
Fière de cet espoir, cette race hodieuse
Pousse vers l'Hellespont sa marche ambitieuse ;
Et Mahomet second, héritier d'Ottoman.
Renverse Constantin d'un trône où Soliman
Doit s'asseoir, entouré de ses fameux trophées,
Pour le jaloux dépit du Czar des monts Ryphées.

Tandis que l'Alcoran fait tomber sous ses lois,
Les peuples, les pays qu'avait conquis la Croix,
Et que le dogme impur de ce peuple servile,
Empiète toujours sur le saint évangile,
Les Chrétiens indolens laissent pleurer Sion
Sous le glaive ennemi de la religion.

Resserrés, sans chagrin, dans leur étroite Europe,
Que le large Croissant de ses plis enveloppe.

O fille de Sion, qui gémis dans les fers,
Toi, si belle autrefois aux yeux de l'univers,
Que d'outrages sanglans, depuis tes temps de fête,
Se sont avec fureur épuisés sur ta tête!
O Vierge, que David chantait avec orgueil,
Puis-je un peu soulever le voile de ton deuil?
Quelle belle tristesse est sur sa face empreinte!
Ses yeux fixent ses pieds, serrés par une étreinte.
Ton peuple déicide a provoqué le Ciel
A lancer l'anathème au coupable Israël!
Hélas! tu t'es trouvée innocente victime,
Au milieu des proscrits, assiégés dans Solyme.
Bélial, le sultan des Sarrasins impurs,
Infectant de Harcins l'enceinte de tes murs,
Le cœur toujours brûlant d'une flamme infernale,
Persécute depuis ta beauté virginale,
Du fond de l'esclavage, hélas! tu tends les bras,
Non aux restes maudits de tes peuples ingrats,
Mais aux enfans du Christ dont tu deviens la mère.
Les pleurs, que tu répands dans ta douleur amère,
Ont glacé dans les cœurs la pitié des Chrétiens.
Te voilà sans espoir de briser tes liens!...

Ah! si l'enthousiasme, enfermé dans mon âme,
Embrasait les Chrétiens d'une pareille flamme,
Tes ennemis fuiraient à l'aspect de la Croix,
En tombant sous le fer des nouveaux Godefroys!..
Mais de stériles vœux, formés dans l'impuissance,
De ces fiers Sarrasins n'abattront l'insolence,
Et ne te rendront pas ta sainte liberté,
O Vierge dont l'Irack profane la beauté!

    De tes vives douleurs je reçois les atteintes ;
Mais quel charme me rend l'auditeur de tes plaintes,
O Vierge, ô saint amour des plus sensibles cœurs !
C'est qu'ici-bas le Ciel, au milieu des malheurs,
Nous fait anticiper d'ineffables délices.
L'insensible Chrétien regarde tes supplices,
De sang-froid, sans sentir les larmes dans les yeux :
Cependant le calvaire est la porte des cieux.

LES
RÉVOLUTIONS DE LA NATURE.

❦

SCÈNE DIXIÈME.

❦

Napoléon.

Le soleil des esprits, qui luit avant tout âge,
Fit le soleil des corps, et l'homme à son image :
Ce soleil, le miroir d'éternelle beauté,
Sur la terre d'Adam, qui pleurait liberté,
S'est levé, dissipant la nuit du paganisme,
Aterrant de ses feux l'hydre du despotisme :
Sa chaleur a fait croître, au peuple de Juda,
La tige du Jessé sur le mont Golgotha ;

Et l'arbre de la vie, au séjour du tonnerre,
S'élève, en étendant ses branches sur la terre :
Et nous, allons cueillir ses fruits délicieux,
Mûrs pour la liberté des biens-aimés des cieux.
Et vous osez encore, exécrables despotes,
Torturer les Chrétiens comme un troupeau d'Ilotes,
Enchaîner, dans les fers d'un esclave avili,
La Vierge qu'adoraient les héros de Grustli,
La sainte liberté que la Calédonie,
Et les nobles enfans de sa sœur l'Hibernie,
N'ont pu soustraire, hélas! aux tigres d'Albion?
Quelle insulte cruelle à la religion !
Tant que le Christ laissait, du dragon redoutable,
Les griffes s'accrocher sur la terre coupable,
Rome était de l'enfer le Pandémonium ;
Et l'univers, aux pieds du vainqueur d'Actium,
Tremblait, mais en rongeant les fers de l'esclavage.
Mais aujourd'hui Satan se mord sur son rivage :
La Croix a reconquis, sur les esprits impurs,
Le monde de nos jours et des siècles futurs :
La Croix a sauvé l'homme en rendant l'homme libre.
Spartacus a crié Liberté sur le Tibre !
Il était donc Chrétien sans que le Christ parût.
Et sans la liberté qu'est l'homme? un être brut,

Qui, neutre dans le bien, et dans le mal encore,
Ne trouve dans le monde aucun écho sonore.
Et vous osez encore, ô maîtres détestés!
Étouffer des humains les nobles facultés,
Sous le poids accablant de vos bras sur leurs têtes?
Vous ne vous régalez, dans vos barbares fêtes,
Que lorsque vos sujets, sous vos yeux fulminans,
Vous entourent de pleurs et de gémissemens!
Craignez qu'en secouant la poudre de la glèbe,
Un bras ne vous envoie aux tourmens de l'Erèbe!
N'aspirez-vous qu'au nom d'illustre scélérat?
Le monde abhorre en vous Robespierre et Marat!
Si, comme ce Néron, que le sang environne,
Monstres audacieux vous montez sur le trône,
Tremblez, attendez-vous d'en tomber comme lui!
C'est là le sort commun des tyrans d'aujourd'hui.
Immortalisez-vous en marchant sur ses traces;
Satan vous prêtera ses armes, ses cuirasses.

  Robespierre, pour mieux exercer de ses mains
L'horrible fonction de bourreau des humains,
Monte par l'échafaud jusqu'au pouvoir suprême:
Et, pour désaltérer sa soif de sang extrême,
Monstre, il va s'abreuver dans le sang de son roi.
A ce crime inoui, le plus terrible effroi

Va planer sur la France, et du haut des montagnes,
Rouler un bruit de mort aux peuples des campagnes.
Le pouvoir, arraché des mains des Girondins,
Roule à travers le sang aux mains des Jacobins :
Ces tigres acharnés, que Belzébut soudoie,
Se dévorent entr'eux, en dévorant leur proie.
Collot, Saint-Just, Héber, Marat, Fouché, Danton,
Tombez dans les enfers! un Aristogiton,
Météore jailli du choc de vos tempêtes,
Va foudroyer Moloch, le Jourdan-Coupe-Têtes!
Bientôt, pour terminer le temps de la terreur.
La prompte Némésis, de son glaive vengeur,
Accourt exterminer l'homme de la nature
Qui lègue un nom de sang à la race future.
Va-t-en dans les enfers, ô monstre réprouvé!
Cuver le sang humain dont tu t'es abreuvé!
    A l'aspect du géant, ô France infortunée!
Que vient de t'enfanter la Méditerrannée,
Disparaissent soudain tes tyrans éperdus,
Comme au soleil brûlant, sur tes champs étendus.
Se fondent les frimas et les flocons de neige.
Il dit; lorsque les camps lui servent de manège :
Grenadiers, en avant! et se voit Empereur!....
L'homme, en qui le destin regarde son vainqueur,

Cet Alexandre alors, pour qui la foudre gronde,
Aspire à monter seul sur l'empire du monde.
Ce Dieu se montre-t-il au milieu des soldats?
Soudain brûle dans eux la fureur des combats !..
Il arrache, en courant vers les Russes qu'il brave,
L'étoile de son cœur pour décorer le brave,
Et celui-ci l'adore, au moment que la mort
Va peut-être payer son généreux effort.
Sous son aigle qui vole à l'éclat de la gloire,
Napoléon s'élance au char de la victoire,
Dont les orbes, roulant dans le sang des guerriers,
Foulent ses ennemis, couronnés de lauriers.
Il voit avec dédain leur fierté dédaigneuse
Expirer, en mordant la poussière fangeuse !
Austerlitz ! nom fameux par la gloire et le deuil ;
La France, à ce grand nom, se lève avec orgueil,
Pour contempler sur soi la brillante auréole,
Qui vacille de gloire au doux souffle d'Éole !
La Russie et l'Autriche, à ce nom d'Austerlitz,
N'osent plus regarder leur astre qui pâlit !
A côté d'un amas d'étendards en lambeaux,
Leurs aigles, étendant l'aile sur des tombeaux,
Déplorent de leur Czar la puissance écrasée,
Le trépas des héros, tombés dans l'Élysée.

O champ jonché de morts, de décombres obscurs,
Austerlitz, tu pourras dire aux siècles futurs :
« Je suis l'amphitéâtre où le géant de Corse
Terrassa ses rivaux sous le bras de sa force ! »
Albion si jalouse, ô pays des Tudor !
Honte à toi ! crains qu'un jour le vainqueur du Thabor,
Malgré tous tes vaisseaux, sur toi ne vienne fondre,
Et n'aille célébrer un Austerlitz à Londres !..
Mais celui qui se voit du bonheur secondé,
Quand il plonge ses mains dans le sang de Condé,
Lorsqu'il jette en prison le père de l'église,
Qu'il traite d'entêté, menace et brutalise,
Quoiqu'il ait subjugué Saint-Marc et d'Andolo,
Va bientôt d'Austerlitz tomber à Waterloo !..
Voyez le fils de Mars luttant contre l'orage :
Son coursier, dont les crins se hérissent de rage,
S'élance, plus fougueux que les noirs aquilons,
A travers la mitraille et les feux des canons :
Et lui ! que de héros ses coups de cimeterre
N'ont-ils pas abattus expirant sur la terre !..

   Le bras, dont s'est servi la justice de Dieu,
Doit être enfin brisé dans ce terrible lieu.
Celui qui, s'élevant sur l'Europe vaincue,
Vit les rois à ses pieds et trembler sous sa vue.

Ce colosse, entouré de toutes les splendeurs,
Et qui porta sa tête au faîte des grandeurs,
Sous les foudres qu'alors lancent les rois du monde,
Croule, tombe, en roulant dans sa chute profonde,
Avec un tel fracas qu'un bruit illimité
Fait retentir l'écho de la postérité!...
Voyez; de cet abîme il s'élève sans nombre
Des nuages qui vont voiler la France sombre.

   Alexandre-le-Grand tranche le nœud Gordien,
Fond sur la Perse, en roi traite le prince Indien :
La terre, devant lui, se tait!.. Mais il expire,
Avec lui dans la tombe entraînant son empire.
Napoléon-le-Grand étonne l'univers,
Franchit le pont d'Arcole et vogue sur les mers,
Paraît, aborde, prend la ville d'Alexandre,
L'Egypte, les tombeaux qui renferment la cendre
Des anciens Pharaons et du grand Sésostris;
Et, comme le vainqueur de Vercingétorix,
Il voit ses ennemis fuir devant son génie,
Et son front rayonner d'une gloire infinie.
Lorsque dans son triomphe il abreuvait de fiel
Toute l'Europe, atteint par la foudre du Ciel,
Le vaisseau du géant disparaît dans l'abîme!..
La liberté revient plus belle et plus sublime :

Son céleste regard distingue, au loin, l'écueil
Où flotte en murmurant un lugubre cercueil,
Jusqu'au temps que Joinville, élancé de nos rades,
Aille d'un bras vainqueur forcer ces symplégades
A lui restituer les restes adorés
Qu'en un jour de naufrage elles ont dévorés.

« Reviens, ô liberté ! reviens, belle Madonne ;
Entre tes bras d'azur la France s'abandonne !
                Quelle foule d'adorateurs,
              Faisant flotter ton oriflamme,
        Vient, en dépit de tes conspirateurs,
          Se prosterner, et répandre son âme,
                    Devant ta majesté,
                    O sainte liberté ! »

« Le clairon roule, au loin, la voix de l'harmonie !..
Viens, sous tes pieds vainqueurs, fouler la tyrannie :
                Laisse ton soleil, qui brillait
              Sur les plus beaux jours de la Grèce,
          Laisse-le encor rayonner sur juillet ;
        Et les héros, dans leur sublime ivresse,
                    Avant leur puberté,
                    Vont crier liberté !... »

« Quand les bronzes tonnans ébranleront la terre,
Tu verras, dans les feux des foudres de la guerre,
En foule éclore les héros!
Que ta forte voix retentisse!
Dans tous les cœurs tu trouves des échos
Pour te répondre, au jour de la justice :
Brisons, ô liberté!
Le tyran détesté. »

« Oui, lâches oppresseurs des plus lâches esclaves,
Toujours la liberté fut la mère des braves!
Gloire, gloire à Léonidas.
A sa phalange Spartiate!
Gloire à Cimon! gloire à Pélopidas!
A Spartacus, Witikind, Wiriathe,
Nés de la liberté
Pour l'immortalité!...

FIN.